Wilhelm Rudnigger – Der Sorgenträger

Wilhelm Rudnigger

Der Sorgenträger

Ausgewählte Mundartgedichte

Carinthia

Abbildung des Einbands:
Wilhelm Rudnigger

ISBN 3-85378-436-4

Gesamtherstellung: Graphischer Betrieb
Carinthia, Klagenfurt

Aufschneider

Da Brucknputzpepe,
der schneidet gern auf
und laßt bei sein Prahln
der Phantasie freien Lauf.

Amol warn sie eingladn,
da Schurschl und er –
bei ganz feine Leut.
Und bei dö is oft schwer.

Derwegn sagt zum Pepe
da Schlapfnschupfschursch:
„Heut abnds, bei da Gsellschaft,
übatreib nit so fursch!

Man muaß sich ja schaman
bis eine ins Mark!
Paß auf: Übartreibst du
heut abnds gar z'stark:

Untarn Tisch mit mein Fuaß
gib i dir nachher an Ruck –
weil dann is es Zeit, dann
schalt gfälligst zruck!"

Da Brucknputzpepe
vaspricht's in sei Hand.
Auf'd Nacht gehn's zur Gsellschaft,
die badn mitnand.

Es dauert nit lang,
da geht's schon dahin –
und da Brucknputzpepe
is im Aufschneidn drin!

„Vurigs Jahr", kummt die Lug
schon ausn Pepe sein Mund,
„war i jagn, auf Tiger,
in Afrika drunt!

Auf amol a Tiger
vur meiner akrat!
Zehn Meter lang und
vier Meter brat!"

Da gibt ihm da Schurschl
(und deutet: „Nit, nit!")
untarn Tisch mit'n Haxn
an energischn Tritt.

Da schaltet da Pepe glei
zruck a paar Loch
und sagt triumphierend:
„Und vier Zentimeter hoch!"

Stimmen

Da Brucknputzpepe macht
sunst nit viel Tjata –
aba heute, da macht er
sich auf zan Psychiata!

Er hat a Problem –
das nimmt ihm den Atn . . .
Vielleicht kann da Dokta
ihm helfn und ratn.

Bald liegt er aufn Sofa,
entspannt und bequem.
Und da Dokta, der fragt:
„Was ist Ihr Problem?"

Da Brucknputzpepe
holt Atn und sagt:
„Herr Dokta, i wer von
was Furchtbarn geplagt!

I steh in mein Zimma
(und oft kummt das vur),
und plötzlich seind Stimman
in mein linkn Uhr!

Dö redn und redn –
I schau umanand:
Ka Mendsch außer mir! –
I wer weiß wia die Wand . . .

Und auf amol is still! –
Da gfreu i mi schon!
Aber – dauert nit lang,
und's fangt wieder an!

Ganz deutlich, die Stimman!
Oft a Mann, oft a Frau!
I hör sie im Uhrwaschl! –
Aber, wia i ah schau:

Ka Mendsch neben meiner . . .
das Zimma is leer!"
Der Dokta, der schüttelt
sein Kopf hin und her –

man siehgt ihn hiatz förmlich
ins Staunan varsinkn:
„Stimmen im Ohr?
Präzise: im linkn?

Das ist mir ganz neu!
Ein seltsamer Fall!
Vielleicht gar Signale vom
Weltraum? Vom All?

Wie geht das vor sich?"
fragt da Dokta ganz bleich.
Da Brucknputzpepe sagt:
„Alleweil gleich!

I hör wohl die Stimman,
sie redn und tschentschn,
aber sehgn tua i niamtn!
Ka Seel, keinen Mendschn!“

„Und wann?“ fragt da Dokta
mit schweißnasser Stirn.
Da Pepe sagt: „Immer beim
Telefoniern!“

Ausred

Da Brucknputzpepe
hat an Buabm: den Klaus.
Der bringt wohl a Lebn,
an Schwung in das Haus.

Und Sprüch scheibt er außer,
da bist oft ganz weck!
A lebhaftes Bürschle –
fest gscheit und recht keck.

Natürlich – das Büable
is nit alleweil brav.
Oft drachslt er Sachn,
da bist anfach baff!

Amol, grad beim Fruahstuck
(und ganz ohne Grund),
da streckt er sei Zungan
mit Gwalt aus'n Mund!

Da Brucknputzpepe
schimpft ihn aus – aber wia!
„A artiges Büable,
das tuat sowas nia!"

„I tua's nit aus Bosheit!"
sagt da schelmische Schuft:
„Bloß: Mei Zungan braucht ah amol
a bißl frische Luft!"

Zu spat!

Da Valte arbeit
(mit'n Kremer)
bei einem
Dachdeckunternehmer.

Heut decken sie
mit wenig Freude
das Dach von einem
Amtsgebäude.

Um viere machens
eine Pause –
hiatz kummt was Angenehms:
die Jause!

Das Packtle nimmt
da Valte grad,
was ihm sei Alte
mitgebm hat.

A Brot, a Speck
und – sonnenklar –
a Flaschn Bier im
Packtlan war.

So mitten in
dem Eßerlebn
hat's gach an wantschn
Windstoß gebn –

der reißt dem
Valte vehement
das Fettpapierle
aus die Händ

und wirbelt's durch
die Luft im Bogn.
Das Blatt is imma
tiafer gflogn. –

Im erschtn Stock
fliagt's Blattl glei
durchs Fenster in
a Amtskanzlei.

Dem Valte obn is
augenscheinlich
der ganze Vurfall
mehr als peinlich!

Er steht schnell auf,
ziahgt an sein Rock
und geht vom Dach
in erschtn Stock.

Durt klopft er höflich
an die Tür
und sagt, daß ihm
sei Fettpapier

vom Dach war gflogn
und akkurat
in dö Kanzlei
war einegwaht . . .

Es war ihm peinlich!
Er tat wolln
das Fettpapierle
außerholn!

Beim Diener, der
im Vurraum sitzt,
da is er aber
abgeblitzt . . .

„Zu spat!“ sagt der:
„Is schon zu spat!
Mei Amtsrat unterschreibt
es grad!“

Dreimal!

Gegn's Unglück gibt es
kane Tips!
. . . Da Valte hat an
Fuaß in Gips

und humpelt durch
das Stadtle hin . . .
In dem Moment,
am Hauptplatz drin,

hört er nebn sich
a Bremsgeräusch!
„Da Munde, wann
i mi nit täusch!"

Da Munde w a r ' s ! Sagt:
„Kumm, steig ein!
Mir fahrn hiatz auf
a Glasle Wein!"

Da Valte laßt sich
nit lang bittn –
(da Munde is a
„klasse Hüttn"),

so steigt er ein,
schlagt zua de Tür!
Da Munde fahrt und
fragt: „Ja wia?

Dei Fuaß in Gips?
Was is denn gschehgn?"
„Drei volle Wochn
bin i glegn",

so sagt der Valte,
„im Spital!
Mei Liaba, du,
das war a Qual!"

„Na, geh!" so kummt's
dem Munde aus:
„I h war noch n i a
im Kranknhaus!

I hoff, daß i nia
eine muaß!
Was is denn gschehgn
mit dein Fuaß?"

„Das war a Gschicht!"
so mant da Valte:
„Grad vur drei Wochn
hat mei Alte

den Fimml ghabt
zum Saubermachn!
Da braucht sie für
vaschiedne Sachn,

daß's besser gehn tuat,
an B e n z i n !
Den Rest zum Schluß
in Flaschlan drin

hat sie ins K l o
dann einegschütt
und ziahgt die Schnur
fürs Wasser nit!!

Und wia i hamkumm,
frisch und froh,
geh i zuerscht amol
aufs Klo –

Und wia i sitz,
wirf i mit Gschick
in die Muschl mein
Zigrettntschick!

Mi schaudert's, denk
i heite dron –
das war direkt
a Explosion!

Es is a Flammen
aufgeblitzt
und trifft mi völlig
ungeschützt!"

„Au!“ sagt da Munde:
„Das war schlecht!
Aber a n s vasteh i
noch nit recht:

De Hitz, de da
emporgezischt,
wia hat denn de dein
F u a ß derwischt?

Dei Gipsverband,
du, Valentin,
der ghörat ja
w o a n d e r s hin!?“

Da Valte tscheppert
mit de Zähnd:
„Die Sach is leider
noch nit z'End!

Die Rettung hat mi,
wia's gebührt,
ins Kranknhaus
hintransportiert.

Zwa Lötta tragn mi,
wirklich wahr,
die Stiagen aufe
mit da Bahr –

mei Alte geht
danebn mit
und dazählt (warum,
das waß i nit)

den baden Trägern
mit an Schwall
die Vurgeschichte
von mein Fall!

Das aber hätt sie
nit solln machn!
De zwa, de müaßn
derart lachn,

daß sie sich an die
Bäuch schnell fassn
und drauf die Tragbahr
fallen lassn!

Und so hab i mir
vur drei Wochn
noch zuasätzlich mein
Fuaß gebrochn!“

– Da Munde stellt sich
(traurig gnua)
die ganze Sache
plastisch vur,

worauf er *so* an
Lachkrampf kriagt,
daß er den Wagn
nach rechts vaziahgt;

der überschlagt sich
auf an Hang
(schnell wia da Teifl
is das gang!)

und bleibt auf aner
Wiesn stehn!
Die baden können
niammer gehn:

Da Valte, eh schon
gstraft genua,
bricht zu sein *Fuaß*
die *Hand* dazua –

da Munde liegt im
Gras durt drin,
bei dem seind alle
Rippn hin!

So kummt er, das is
schon a Graus,
zum *erstn* Mal
ins Krankenhaus –

da Valte schon
zum zweitn Mal!
Den Munde siehgst
im Kranknsaal

nebn an Valte ernste
Miene machn,
und kaner traut sich
mehr zan Lachn,

weil oft amol
(so blöd's a klingt)
das Lachn an zum
Wanan bringt!

Dressur

Da Valte (s bringt ihn
fast zum Wanan)
hat hiatz an Dackl
z'Haus, an klanan.

Sein Freund derzählt er:
„Du, der Wedl,
der hat an sturen
Dacklschädl!

Den zu dressiern,
das is a Kunst!
Erziehung is bei
dem umsunst!

Er schaugt mi an
ganz ernst und still;
hurcht, was i sag –
tuat, was er will!

Zum Beispiel warat
mir ganz recht,
daß er belln tat, wann
er fressn möcht.

I hab wohl
hundertmal gebellt
und ihm erscht dann
sei Schüssl gstellt

am Bodn hin.
Und er hat gfressn.
Aber s nächste Mal
aufs Belln vargessn!

Drauf bell halt i,
und i bell wieda,
und stell erscht dann
sei Schüssl nieda!

So geht's hiatz schon
seit vieln Wochn –
i hab sein Starrsinn
nit derbrochn!

Im Gegenteil
(das is die Höll!):
Hiatz frißt er dann erscht,
wann i bell!"

Der Sorgenträger

Da Fritz sagt zu sein
Freund, dem Valte:
„Heut bist du aber
nit der alte!

Du hast doch
alleweil an Grant,
daß jeder, der di
anschaugt, mant,

du warst a
Trauerweidnzwilling!
Heut lachst als wia
a neuer Schilling!"

„Jaa!" lacht da Valte:
„Hurch lei her!
I hab hiatz kane
Sorgn mehr!

I hab seit gestern,
was ma gspürt,
an Sorgnträger
angaschiert!"

„An Sorgnträger?"
mant da Fritz:
„Da machst du aber
hiatz an Witz!

Du bist ja . . . na,
i waß nit, was!
Geh, sag amol,
was is denn das?“

„Paß auf!“ fangt hiatz
da Valte an:
„Ein Sorgnträger
is ein Mann,

der is verpflichtet,
jeden Tag,
was immer da ah
kumman mag,

für di zan schaffn,
ohne Rast,
damit du kane
Sorgn hast!

Es is sei Aufgab,
stets zu waltn,
um dir di Sorgn
fernzuhalten!

Man mietet ihn,
so lang ma mag:
A Jahr, a Monat
oder an Tag!“

Da Fritz mant: „Prima!
Doch, vur alln:
Was muaß ma denn
für so an zahln?"

Da Valte antwurt
auf die Frag:
„Der kost fünf Tausender
pro Tag!"

„Fünf Tausender?!"
erschrickt da Fritz:
„Pro Tag?? Hiatz sag ma,
meinarsix,

da vasteht ma ja
die Welt nit mehr!
Wo nimmst denn du
die Summe her??"

Da Valte mant und
lacht ganz fein:
„Das soll sei erste
Sorge sein!"

Die Kuckucksuhr

Da Plentenbauer,
in da Fruah,
schaut auf sei
alte Kuckucksuhr

und denkt derschrockn:
„Teifl eine!
Was is denn los?
de zagt auf neune!“

Da siehgt er, daß sie
gar nit geht
und daß der
Perpendikl steht!

Er ziahgt se auf.
Umsunst! Ka Spur
von Ticktack macht
de Kuckucksuhr.

Da denkt er sich:
„I wer probiern,
den Krempl selber
z'repariern!“

Zerlegt das Werkl
voller Eile
in alle seine
Einzelteile

und denkt dabei:
„Glei wer mas ham!“
Und baut das ganze
wieder zsamm!

Dabei rinnt ihm
der Schwitz vom Gnack!
Aber fröhlich macht
die Uhr: ticktack!

Das kummt ihm aber
spanisch vur:
„Das is a ganz
varruckte Uhr –

de g e h t da drobm,
und mir sein drübn
a Haufn Radeln
übrigbliebn!

No ja, die Welt is
schließlich bunt!
Hiatz wart i
auf die volle Stund!“

Nit lang, werds elfe.
Und glei drauf
springt ah schon
s Kuckuckskastle auf

(so wars ja früher
ah schon imma):
Da Kuckuck streckt
sein Kopf ins Zimma;

gstatt, daß er elfmal
Kuckuck schreit,
halt' er den Schnabl
kurze Zeit,

dann fragt er (herrisch
wia a Spieß):
„Kann mir wer sagn,
wia spat daß is?"

A anders Wetter

Der Plentenbauer,
Tag für Tag,
hat mit der Gicht
sei rechte Plag.

Und jedsmal, wanns
ihm bis ins Bluat
ganz sakrisch ziahgn
und reißn tuat,

dann sagt er: „I laß
mirs nit nehman:
Es werd an anders
Wetter kemman!“

Und allweil stimmts –
da alte Gfretta
is besser wia
ein Barometa!

Amol war er
auf aner Ras . . .
No ja, wann neamb was
siehgt und was,

da tuat ma oft was
akkarat,
was ma daham
bestimmt nit tat!

Da Valte mant:
a Seitensprung,
der machet ihn
lei wieder jung!

An Schmarrn! Beim Hamfahrn
nachher, drin
im Züglan, mant er,
er werd hin!

Es hat gezogen
und gebissn
und ihn in alle
Baner grissn!

Daham sei Alte
fragt ihn: „No!
Was jammerst denn
heit gar a so?"

„Au weh!" mant er.
„Mi reißts – und wia!
Nit lei im Kreuz!
Ah in die Knia!"

„No, kumm halt her –
i reib di ein",
sagts Weible drauf,
„mit Fronzbronntwein!"

Da Valte jammert furt
und brummt:
„Nutzt nix – an anders
Wetter kummt!“

Da siehgt das Weibl –
o du Schrock! –
a rotes Haar am
Kragn vom Rock!

Hiatz seind schon
Wolkn am Plafon!
Das Weib darwischt
a Eisnpfonn

(da Valte tuat sich
zsammentuckn)
und schon tuan Blitz
herniederzuckn!

A jeder trifft sein
Kopf, genau!
A guates Ziel hats
schon, sei Frau!

„So!“ schreit sie – und sie
haut! und haut!
daweil der Valte
tasig schaut:

„Nix bessar bist
wia alle Lötter!
Und da! Da hast dei
an-ders Wet-ter!!“

Die schlauen Viecher

Da Plentnbauer,
drunt beim Wirtn,
sitzt vor sein Bierkruag,
vor sein viertn.

Die Red geht von de
schlechtn Leut,
von Haus und Hof
und Sicherheit.

„Ih“, sagt draufhin
da Plentnbauer,
„ih bin in der
Beziehung schlauer:

Ih hab daham drei
gscheite Viecher
und derwegn bin ih
völlig sicher!“

Er trinkt vom Bierkruag,
von sein viertn:
„Ih hab an Uhu,
an dressiertn –

und bei dem Uhu
noch dabei
an Hund und dann
an Papagei!“

Hiatz machent alle
tumme Augen
und tamt zum
Plentnbauern schaugen.

Der hebt zerscht,
weil der interessiert n,
sein Bierkruag (allweil
noch sein viertn)

und sagt dann nach
an Schluck: „Paßts auf:
Mih suacht zum
Beispiel aner auf –

tief in der Nacht,
wann ih fest tram,
daß er was stehlat
oder nahm . . .

Der Uhu siehgt
bekanntlich guat,
so daß er n gleih
bemerken tuat –

safurt weckt er
den P a p a g e i ,
und der kapiert die
Sachlag gleih:

fliagt hin zan S u l t l
auf da Stell
und kraht: „Du, Hund,
wach auf und b e l l ! “

Aufm Volksfest

Da Valte (dös werds
ihn nit kennen)
is mit sein Gwandl,
mit sein schönen,

und seinar Altn,
seiner langen,
am Sunnte auf das
Volksfest gangen.

Mei Liaba! da warnd
Joahrmarktstandlan!
Stoff-Affn auf an
Gummibandlan,

Pullowar, Westn
und Trumpetn,
Zigrettnspitz
und Eisnkettn,

Krawattn, Löbzeltwerch
und Messar!
– In Valte seine Augn
wernd größar,

weil so viel, wia da
auf an Stand,
siehgt ma nit alle
Tag beinond!

– Und erscht auf da
Vagnügungswiesn!
Durt gibts dar Sachn,
wirklich gkrißn!

Die Autodromar
mit Gebrumm,
dö foahrnd wia
tamisch umatum!

Von die Schaukln und
die Ringlgspielar
hearst alle Ritt an
Weibarzwillar –

– von alle Seiten
Musikantn –!
– Und goar die Zelt mit
die Komödiantn!

Mei Freind, wann das
ka Gaude is?!
„EINE TOLLE NACHT
WIE IN PARIS!"

steht da auf anar
Brettarbude.
– Da Valte will lei
flugsdihude

durt einegehn –
abr mit an Ruck
halt ihn sei Alte
wiedar zruck!

Bei anar ondarn
Bude schreit
a Lottar ein
auf de vieln Leut:

„Hereinspaziert!
Hereinspaziert!
Hier wird ein Wunder
vorgeführt!

Ein Kalb – als
Mißgeburt gewachsen,
zwei Köpfe hat es
und sechs Haxen!“

„Da gehma eine!“
mant da Valte.
Abr s letzte Woart,
das hat sei Alte:

„Nix gehma eine!“
raunzt das Weibl,
„Was brauch ih das
varruckte Kaibl?

Des is a gonz
a armer Plunder –
für mih bist du
es größre Wunder!

Bei dir brauch ih
nicht solche Faxn –
. . . weil du hast kan Kopf
und X-Haxn!“

Fliederfarben

„A Hemd –“, so sagt
der Plotschntone,
„– a fliederfarbnes,
war’ nit ohne!“

A König is im
Gschäft der Kunde.
Aus diesem
ungeschriebnen Grunde

suacht der Verkäufer,
suacht und suacht,
wobei er öfters
leise fluacht –

Dann kummt a Lächeln,
ganz a klans:
„Nein! fliederfarbnes
ham mir kans!“

Der Plotschntone
mant draufhin:
„Da liegt ja ans
im Fenster drin!

Schaun's, durt, das
mit'm hohen Preis!"
„Mein lieber Herr, das
ist ja *weiß*!"

„No, und?" haut der
den Einwand nieder:
„A kennan Sö *kan*
weißn Flieder??"

Frieder

Da Frieder kummt
vom Schulgehn zhaus.
„Ja, Friederle! Wia
schaugst denn aus?"

Die Muatter ganz
derschrockn mant:
„Du bist ja heute
ganz vawant?!"

Da Frieder tuat schon
wieder platzn:
„Da Lehrer tuat mi
allweil tratzn!"

„Das gibts nit!" sagt
da Vater ernst:
„Der hat zan schaun,
daß du was lernst!

Hör auf hiatz mit
dein lautn Plärra,
murgn geh i mit
mit dir zan Lehra!"

So gschiechts ah.
Und da Vater mant
zan Lehra, daß sei
Büable want,

weil er, der Lehra,
akkurat
den Frieder allweil
tratzn tat!

Der Lehra schimpft:
„Was? Diesen Fratzen
soll ich – ich soll den
Buben tratzen??

Er ist der Dümmste
von der Klass!
Sofort beweis ich
Ihnen das!“

Er fragt das Büable:
„Sage mir
was Leichtes:
Was gibt 2 mal 4?“

Gstatt aner Antwurt
plärrt der Frieder:
„Siehgst, Vater – tratzt er
mi schon wieder!!“

Hias

Da Lehra sagt:
„Paßts auf hiatz fest,
ich mache heut
mit euch an Test!

Ihr könnts das machn,
wia dös wollts;
nur, daß mi recht
verstehen sollts:

Was jeder werden
will im Leben,
davon soll er jetzt
Zeugnis geben

mit einer Zeichnung –
wia er's kann!
A Stund habts Zeit –
und hiatz fangts an!"

A Stund mag grad
vagangen sein,
da sammelt er
die Blätter ein.

Da ane hat
an H o b l gmaln,
ihm tat das
Tischlerhandwerk gfalln.

Beim andern siehgt
ma a Latern,
weil der möcht
Eisnbahner wern!

Beim drittn prangt
a Schuah am Blatt,
weil der Pläsier
zum Schuaster hat!

Dem Hias sei Blattle
is ganz leer!
Da Lehrer draht es
hin und her

und sagt zum klanan
Hias: „Ja, mein!
Was möchtest du
denn später sein?"

„A Playboy!"
sagt da Hias: „I bitt!
Bloß, wia man's zeichnet,
waß i nit!"

Michi

Da Michi is nit
abzankriagn,
sei Hösle selbar
anzanziahgn,

und hat nit, wia ers
zuawafischt,
bemerkt, daß ers
vakehrt dawischt!

Er hat das Hösle
in da Hand
und nudlt aufgregt
umarnond.

Die Muatter sagt
zum klanen Mann:
„No? hast nit bald
dei Hösle an?"

„Es geht nit!" schreit
da Bua voll Zurn:
„Die Knöpf seind hintn,
i bin vurn!"

Quicki

Da Quintus hat
in alle Klassn
schon allerweil
lei Quicki ghaßn.

Zan Lehrer sagt er
immer: „Du!"
Und daß er das
nit wieder tu,

da muaß er heut
nachsitzn bleibn
und fünfzigmal den
Merksatz schreibn:

„Zum Lehrer sagt man
niemals d u !"
Er setzt sich hin
und sagt nit muh

und schreibt und schreibt.
Zwa volle Stund!
Dann is's so weit.
Dem armen Hund

tuan alle Finger
sakrisch weh
vor lauter Schreibn –
wißt's ja eh!

Da Lehrer prüft hiatz
Blatt um Blatt
und zählt, wie oft
er's gschriebn hat.

Zum Schluß, da sagt er
ganz vawundart:
„Ja, Quicki! Dieses sind
ja hundert!!"

Da Quicki schaugt
ihn an und lacht:
„Weil's du bist, hab i's
dopplt gmacht!"

Ulrich

„Ja, Ulrich!“ wundert
sich da Vater:
„Du hast am Finger
schon a Blatter!

Was schreibst denn da
in aner Tur?“
„An Tierroman!“
sagt drauf da Bua.

„Und waßt ah,
wia er haßn werd?“
„Ja freilich!“ sagt
da Bua: „DAS PFERD“!

Da Vater sagt:
„DAS PFERD? Da drin
liegt wirklich wahr
a tiafer Sinn!

Terf i davon
a Stückle lesn?“
„Ja!“ sagt da Bua.
„I geh eh essn!“

Da Vater nimmt
die Blattlan her –
wohl hundert sein es,
wann nit mehr!

Ganz obn als erschtes
steht: „DAS PFERD“.
Das is da Titl –
wia sichs ghört.

Dann fangt de Gschicht
erscht richtig an.
„TRABTRAB TRABTRAB“,
so liest da Mann,

und immer lei
„TRABTRAB TRABTRAB“,
als wanns ka anders
Wörtle gab!

„TRABTRAB TRABTRAB“,
und's dege Wurt
laft durch a hundert
Seitn furt.

„He, Ulrich!“ ruaft
da Vater gspannt,
dö hundert Blattlan
in da Hand:

„Das is a recht
a langer Stuß –
Wia werd denn dann
am End – da Schluß?“

Da Ulrich lacht
den Vater aus:
„Ganz einfach: ‚BRRR!‘
und dann is aus!“

Zacharias

Da Zacharias
bildt sich ein,
er müaßt a
Autofahrer sein.

Der Vater hat
ihm noch danebn
a Lenkrad,
a kaputtes, gebn.

Das halt' da Bua
hiatz vur sich hin
und rennt damit
und denkt: ‚I bin

a Renn-As' und
mit Trrr-Trrr buhrt
er hin zur Tankstell
außerm Urt.

Er kennt die
Autofahrersitte
und sagt zum Tankwart:
„Super, bitte!"

Der zagt aufs Hirn
und sagt: „Du Tocker,
bei dir is wohl
a Schraufn locker?"

„Jawohl!“ sagt unser
Bua zum Mann:
„Dö ziahgns ma bittschön
a fest an!“

Den Tankwart siehgst
hiatz teppert schaugn,
er kreist mit da Hand
vur seine Augn

und sagt: „Ssst! ssst!“ –
Dem klanen Wicht,
dem fliagt a Leuchten
übars Gsicht

und fröhlich schreit er:
„Bitte – ja!
Sie könnens
Scheibenwischen ah!“

A anziga Wundsch

„A bißle noch brav sein!"
sagt de Muatta zan Franz,
„dann werds Christkindl keman
mit Gaben und Glanz!

Schreib dir auf, was du wündschest
und wia brav daß du bist –
Leg den Zettl ins Fenstar,
daß ihn s Christkindl liest!"

Da sagts Franzle zur Muatta:
„Ih hab ja lei a n –
an a n z i g n Wundsch –
und der is lei k l a n !"

„Uh, brav!" sagt die Muatta,
„werd sichs Christkindle gfreun!
Hat a Freud mit die Büablan,
de bescheidn tan sein!

No, sag, was du wündschest,
das Christkind hörts bstimmt!"
„Ih wündsch mir lei a n s :
Daß es a l l e T a g kimmt!"

Vom Sehgn aus

Beim Buchstabnlernan
sagt zum Franze da Lehra:
„Kennst du den Buchstabn?
Is ja ka schwera!

Schau, i mal dir ihn auf:
A Strich und a Punkt, a klaner!
Und hiatz sag amol, Franze,
was is denn das frana?“

Da Franze is in da Bank
hin und wider gruckt
und hat zerscht a Weil
umanondergedruckt –

auf amol aber sagt er:
„Herr Lehra – i bitt! –
Vom Sehgn aus kenn i ’n ,
abr wia er haßt, waß i nit!“

Aufgeklärt

Die Gitti (sechs),
da Martin (acht)
hamt heut an klanan
Ausflug gmacht

und landn mit an
murds Halloh
mit ihren Eltern
in an Zoo.

„Schau!“ schreit die Gitti:
„Schau durthin!
Durt seind a Haufn
Störche drin!“

Drauf mant der Martin
zur Birgitt:
„Du tumme Gaaß!
Dö gibts ja nit!“

Mahlzeit!

Da Hanse (da älteste Bua
von Matscheina)
hat an Tellar mit an Murdstrumm
von Schweinskopf voar seina.

Ih kann das nit glabm,
daß a so a Portion
an anzelnar Mendsch wirklich
dapackn konn.

„He!“ ruaf ih, „du, Hanse!
mei Liaba – ih man,
den Sauschädl ißt d aber
wohl nit a l l a n ??“

„Allan?“ lacht da Hanse,
„du spinnst, liaba Bua!
Na, na – ih kriag schon noch
K n ö d l dazua!“

Da Reindlingtaag

Die Muatta muaß
nebm ondre Sachn
zu de Feiertag an
Reindling bachn.

Da Taag bleibt in da
Schüssl stehn –
Hiatz muaß er nur
noch richtig ‚gehn'!

Die Muatta will die
Zeit ausnutzn
und tuat dawahl das
Zimma putzn.

Das Michale,
da klane Bua,
spielt in da Kuchl
vollar Ruah.

Am Tisch die groaße
Schüssel steht –
Und drin da Taag:
der geht! und geht!

Werd imma mehr! – und
mehr! – und mehr!
Hiatz walggt er übarn
Tisch schon her

und obe, auf n
Bodn zua – – –
durt stehnd in Miche
seine Schuah!

Und in die Schuah,
in Miche seine,
da walggt vom Tisch
da Taag hiatz eine.

Die Muatta tat schon
zuawasausn –
abr de merkt ja nix,
de putzt ja draußn.

Hiatz schreit se, daß s
da Bua vasteht:
„Schaug, Miche, ob da
Taag schon geht?!"

Da Miche schaugt . . .
Nach anar Pause,
da schreit er zruck –
zur Muatta auße:

„Der geht nit nur –
der laft davon:
Er ziahgt grad meine
Schüachlan on!"

Der Frechdachs

Der Frechdachs is
a Exemplar,
das werd auf derer
Welt nia rar.

Er is von
menschlicher Natur
und kummt in alle
Zonen vur.

Am allerfrechsten
jederzeit
seind freilich wohl
die klanen Leut

so in da Volks- und
Hauptschul drin.
De hamb nur Schabernack
im Sinn!

Zum Beispiel kenn i an:
den Petar!
(In die vierte Klasse
Volksschul geht a):

Der kummt amol,
um halber neune,
ganz atemlos ins
Milchgschäft eine

und durt valangt
der klane Knülch
ganz keck und frech:
„An Kilo Milch!“

Die Milchfräuln aber
sagt indessen:
„Milch wird nit gwogn,
sondern gmessn!“

„No, guat is!“ sagt
da klane Peter:
„Dann, bittschön, gebn S mir
halt an Meter!“

Das aber nit!

Da Robert gibt heit
gar ka Ruah,
schlagt laut und gach
die Haustür zua,

er trommlt auf da
altn Rein
und redt in Vota
vurlaut drein.

Und weil das imma
weitageht,
werd's mit da Zeit
dem Vater z'blöd:

„Wenn du nit glei
werst artig sein,
dann fahrt a
Dunnarwettar drein!

Du spielst di schiach
mit meiner Gall!
I sperr di glei
in Hüahnastall!!"

„Von mir aus!" sagt
auf das da Klane:
„Aber, Vota – Eier
leg i kane!"

Die Imkerin

Der Lehra fragt
den Seppl: „Waßt,
wia die Frau von einem
Imker haßt?"

Drauf sagt da Seppl
(nit zum glabm):
„De dege Frau haßt –
Honigwabm!"

Umgekehrt is ah was wert

Die Muatter sagt
zum Willibald:
„Murgen werst du
sieben Jahre alt,

da kriegst a Turtn,
werd da schmeckn,
in der wernd sieben
Kerzn steckn!“

Der Willibald,
der macht a Gsicht,
wia wann a
Regenwolkn bricht.

„Was hast denn, Büable?“
fragt die Muatter.
Da Bua steht da,
fast wanen tuat er,

und sagt, daneben
daß er plärrt:
„Mir wars viel liaber
umgekehrt!“

Die Muatter fragt:
„Wia manst denn das?
I kumm nit mit –
no, red schon was!

Was willst denn?“
tuat sie ihn beguatn.
„I möcht ah Kerzn
und siebn Turtn!“

Das Abendrot

Auf an Hügl steht
a klana Bua
und schaut und schaut
halt allweil zua,

wia in da Fern
a roter Schein
ganz langsam wachst
in Himmel nein.

A ältrer Herr kommt
stad dazua –
bemerkt, wia selig
da der Bua,

man könnt fast sagn:
vazückt (o Gott!),
hinschaugt ins helle
Himmelrot.

„No", sagt er dann
nach einer Weil,
„du stehst und schaust,
und hast ka Eil;

wia schön is doch
das Rot dort fern.
Gelt, Büabl, so was
siehgst du gern?"

„A ja!“ sagt drauf
der Bua, „und wia!“
Drauf meint der Herr:
„s is schön von dir!

Das freut mich wirklich,
liaba Bua;
du hast halt Sinn
für die Natur!

Da – hast d an Schilling! –
Wirklich wahr,
das Abendrot
is wunderbar!“

„Och – Abendrot . . .“,
sagt drauf der Bua,
„. . . das is ka Abendrot,
goar ka Spur!

Ih bin lei aufer
schaugn grennt –
weil das is unser Schul,
de brennt!“

Brennan tuats –!

Am Heilign Obmd
laft daher
a Büable zu da
Feiawehr!

„Herr Hauptmonn!" schreits
noch während n Rennan:
„Ban uns – ban uns daham –
tuats b r e n n a n !"

Da Hauptmonn gleih
Alarm gepfiffn
und eilig nach n
Helm gegriffn.

„Schnell!" riaft das Büable,
„in Gottsnoman!"
– A halbe Stund . . . dann
seind se zsomman.

Nach der Adress braucht
kana fragn,
weil s Büable sitzt
ganz voarn am Wagn

und zagt sen on,
wohin es geht . . .
„Da seima!" riafts.
Da Wagn steht –

a Haus is da –
allan weitum.
Da Hauptmonn steht und
schaugt ganz tumm.

Schaugt hin und her,
schaugt umanond
und siehgt ka Feia nit,
kan Brond!

Zan Büablan mant er:
„Nix zan kennan!
Hiatz sag amal – wo tuats
denn brennan?"

Das Büable hupft schnell
auf die Seitn
und schreit zan Hauptmonn
von da Weitn:

„Geh lei ins Haus, dann
siehgst d, wo s brennt:
De Kerzn, de am
Christbam send!!"

Ui! der ihm nach!
hat eahm dawischt
und nacha richtig
zuawagfischt,

aufs Hintertal drauf
losgedroschn,
als hiatt er d u r t
a Feia gloschn!

Und wia da Hauptmonn
fertig war,
schauts Büable – selig
gonz und gar –

den Lottar on und
hat n i t gwant.
Hat lei zan Hauptmonn
aufe gmant:

„Am Wagn obm
gfoahrn mit enk –
das war mei scheanstes
Weihnachtsgschenk!"

Zeignis hats gebm

Zeignis hats gebm! Bua,
die Gsichtar seind lonk!
Bei monchn gibts heit wohl
daham a murds Gstonk!

Voar da Schuel draußn is
nach n Läutn a Wirbl!
Ganz selig voar sich hin
lacht durt a klans Büabl.

An anders danebm
sagt ume zan eahm:
„Was lachst d denn? Daham
kriagst in Vota sein Ream!"

„Wiaso denn!" sagts Büable,
„das is ja nit wahr!
Wann du glabst, ih kriag Schläg,
nocha bist du a Narr!

Mei Vota, der hat mir
grad vurige Wochn
für an jedn Ansa
an Schilling vasprochn!

Und mei Vota, mei Liaba,
der tuat nia nit lüagn:
Da wer ih für jedn Fünfa
wohl fünf Schilling kriagn!"

Abholung

A Büable beim Schalter,
das gibt sich an Ruck,
dann sagt es: „A Fahrkartn,
bitte – nach Bruck!“

Der Beamte, der mant drauf:
„Ja, welches denn, Bua?
Bruck an der Leitha?
oder Bruck an der Mur??“

„Ah, das is ganz wurscht!“
sagt fröhlich der Gschrapp:
„Mei Onkl holt mi eh
aufm Bahnhof ab!“

Die heutige Jugend

A Herr sitzt in da Tramway
und schimpft laut vor sich hin:
„Es is rein gar ka Anstand
in da heitign Jugend drin!

Die jungen Pülcher sitzn,
die Altn können s t e h n !
Na, na – i sags ja imma:
so kanns nit weitargehn!"

„S i e sitzen eh!" sagt spitzig
a stehends Frauenzimmer . . .
„Ja, i h !" sagt drauf der Lottar.
„Aba mei Frau, dö steht noch immer!"

Dienstfahrt

Da Dienstwagn steht
schon fahrbereit.
Der Hofrat Lurch,
der laßt sich heut

von seinem Lenker
Bertl Birn
nach Diex zu aner
Feier führn.

Durt werd a Bruckn
eingeweiht . . .
Der Hofrat Lurch
(vur langer Zeit)

hat auf dem Bauakt,
gar nit ghetzt,
sein letztn „Servus“
aufegsetzt.

So fahrt er hiatz
nach Diex zur Feier. –
Der Andrang, der is
ungeheuer. –

Der Bürgermeister
von dem Orte
spricht gschwollane
Begrüßungsworte,

dann spielt die
Feuerwehrkapelln
an flottn Marsch,
an ziemlich schnelln,

und zletzt, da schneidt
der Hofrat Lurch
a rotweißrotes
Bandle durch

und sagt, daß hiatz
die Bruckn gwiß
hochoffiziell
eröffnet ist . . .

Nach derer Feier
werd dann ‚gfeiert'!
Noch a paar Redn
wern abergleiert,

dann is der Weg ins
Wirtshaus offn.
Und durtn (no, was glabst?)
werd gsoffn

bis ziemlich eine
in die Nacht . . .
Wia sich dann alles
fertigmacht,

da wackelt schon
da Hofrat Lurch
von Kopf bis abe
zu die Schuach!

Er sagt zum Lenker
Bertl Birn:
„Beim Heimfahrn werde
ich schoffiern!“ –

setzt sich ans Lenkrad.
Und da Bertl
sitzt hintn – und er
sagt ka Wörtl.

Glei außer Diex
hebm drei Gendarm,
wia's den Zickzackkurs
sehgn, die Arm!

Der Hofrat bremst . . .
Schon sagt der dritte:
„Gehn's, zeign's ma
die Papiere, bitte!“

Den Ausweis reicht
da Hofrat Lurch
durchs abeglassne
Fenster durch!

Der Beamte schaut
den Ausweis an,
liest ihn genau und
gibt sodann

mit Salutiern und
mit an Ruck
das Dokument durchs
Fenster zruck:

„Ich danke! Fahrn
Sie bitte weiter!“
„Du! Das is aber
gar nit heiter!“

sagt aner von die
andern zwa
zu dem Gendarm:
„Du bist a Gschraa!

Laßt den da weiterfahrn,
du Narr,
obwohl er völlig
bsoffen war!“

„Laß mi in Ruah!“
mant drauf der ane:
„A Mendschnkenntnis
habt's ihr kane,

da glab i nit, daß
i mi täusch!
I schneid mir nit
ins eigne Fleisch!

Im Wagen hint
is aner gsessen,
das is a murds
a Hoher gwesn,

das is für mi ganz
sonnenklar:
Wann sei Schoffär schon
Hofrat war!“

Rohrbruch

Der Korporal vom Tag
tritt ein,
nimmt brav die glernte
Stellung ein

und brüllt mit lauter
Baßstimm außn:
„Ein Rohrbruch ist
im Zimmer draußn!“

Der strenge Kommandant
schaut drauf
nur kurz und bös
vom Schreibtisch auf:

„Herein mit ihm!“
befiehlt er streng.
Dem Melder werd
der Kragen z‘eng.

Der Kommandant
schon wieder schreibt.
Dem Korporal nix
übrigbleibt,

er wiederholt:
„Herr Kommandant –
ein R o h r b r u c h
draußn, hab i gmant!“

„Und i c h hab gsagt“,
schreit jetzt voll Grimm
der Kommandant:
„Herein mit ihm!!“

Der Melder flüchtet
voller Grausn . . .
Der Rohrbruch is
noch heute draußn!

Freiwillige vor!

„Passen's auf, Sie Gefreiter,
und spitzen's das Ohr!
Was tun Sie, wenn der Befehl kommt:
‚Freiwillige v o r !'?"

„Ih tat, ohne zu zögern,
auf die Seitn rennan,
damit die Freiwilligen
leichter vortreten könnan!"

Umzingelt

Dienstunterricht
beim Militär . . .
Und heute geht's nit
um das Gwehr;

heut geht's dabei,
mei liaber Freund,
um das „Verhalten
vor dem Feind"!

Grad zagt der
Unteroffizier
auf den Rekruten
Kasimir

und sagt zu ihm:
„Sie stehn im Feld,
ganz vorn beim Feind,
als tapfrer Held!

Der Feind, der
Strategie beweist,
hat Sie auf einmal
eingekreist!

Sie sind umzingelt –
ohne Frage!
Was tun Sie jetzt
in dieser Lage?"

Der Gfragte sagt
nach aner Pause:
„Dann geh i – ja –
i geh l i n k s ausse!"

„Dort steht der Feind,
mein lieber Sohn!"
„A so? – Dann geh i
r e c h t s davon!"

Der Prüfer sagt:
„Mein lieber Freund,
das geht nicht! Dort
ist a u c h der Feind!"

„Durt ah?" sagt da
der Kasimir
und strengt sich an
und denkt wia irr

und sagt nach aner
klanen Pause:
„Dann geh i anfach
h i n t e n ausse!"

Den Unteroffizier
draht's um!
„Der Feind, der steht ja
rundherum!

Rechts steht er, links
und vorn und hintn!
Sie können keine
Lücke findn!“

„Ah nit?“ sagt draufhin
der Gemeine:
„Jaa – nachher ge i
gar nit eine!“

Der Schlüssl

Es tanzt a Mann
im „Türknmond“
beim Ball als
Sträfling umanond.

Von aner zu der
andern lafn
siehgst ihn mit
seine Zebrastrafn.

So gegen zwölfe
wars vorbei!
Im Saal erscheint
die Polizei:

Da werds dem Sträfling
furchtbar schlecht:
Er war ka Maske –
er war echt!

Er is sofurt vorn
Richter kumman
Der hat ihn ganz streng
einvernumman:

„Wie konnten Sie so
schnell entweichn?“
– „I hab an Schlüssl,
ganz an neichn!“

„Den ham Sie“, tuat der
Richta grolln,
„dem Aufsichtswachorgan
gestohln?!“

„Ka Spur nit“,
sagt da drauf der Mann:
„Ich habe mit dem
Wachorgan

ganz ehrlich – wann Sie s
mir vergunnan –
um den Schlüssl gschnapst!
I hab ihn gwunnan!“

Imma im Dienst

Uh mein, wann die Post
auf da Welt gach nit war,
da war unsa Leben
lei traurig und schwar!

Mir möchaten ganz
ohne Nachrichtn bleibn,
da Bua könnt sein Diandlan
ka Briafle mehr schreibn!

Und öftars, no mein Gott,
oft tuats halt pressiern,
da kinnat man nit so
wia heint – telegrafiern!

Ja: telegrafiern!
Da kenn i an Monn,
der hat bein Telegrafnschalta
Dienst geton!

War in ganzn Tag fleißig,
da hat si nix gfehlt –
und hat halt in aner Tur
Wörtar gezählt!

Nach n Dienst war er müad
und an Durscht hat er ghabt,
so is er ban Hamgehn
ins Wirtshaus getrabt.

A Glasle war zwenig,
das zweite nit gnua!
Und wia er ist hamkemm,
da wars – in da Fruah!

Sei Alte noch auf!
Und sie zagt, was sie konn!
Sie steht da vur seina
und a Predigt hebt on!

Dawal, daß sie kepplt
und ihr Mundwerkl rennt,
hat e r lei gegrinst
und gezählt mit die Händ.

Das Weible schreit zornig:
„I glab wohl, du spinnst?!
I schrei mi da z Tod
und der Lotter, der grinst!"

„Leicht grinsn!" sagg e r
und lacht in sein Bart:
„I hab bei deiner Predigt
an Haufn derspart!

Meine Uhrwaschlan opfr i,
dö wernd ma lei müad!
Aba tausnd Schilling hätts kost',
hättst das alls telegrafiert!"

Da Brentla

Vurn Fenstalan bettlt
da Hanse die Lies:
„Laß mi eine zu dir,
weils so kalt heute is!“

„Es brennt noch ka Fuiarle
auf zwisch uns zwa!
Kannst fragn, was du willst,
i sag allewal: n a a !“

„Allewal n a a sagst?
Dann frag i ganz tumm:
A hiattst was dagegn,
daß i zu dir eine kumm?“

Hiatz hat sie nit aus könn,
hat gmüaßt sagn: n a a !
und hat dabei s Fenstar
schon aufgrieglt ah!

Platonische Liebe

Hat die Dorfmusi gspielt
am Sunnte auf'd Nacht.
Hat aner a Stadtfreiln
aufn Kirte gebracht.

Dö is aber bei der Musi
ganz unglückle worn –
so a Dorfmusi tscheppart
ganz schön in die Ohrn!

Sie is auf und davon
bei der Nacht, durchn Wald.
No ja, zwegn da Ruah
und dar Einsamkeit halt!

A Bursch siehgt se furtaln
und schleicht ihrn schnell nach
und hat se darwischt,
afn Brücklan bein Bach.

Hat a Bußle gwöllt habm,
aber s i e, uh, sie nix!
Hat sich gwihrt und hat gstramplt
und gschrian, meinarsix!

„Ich lieb nur platonisch!"
hat sie gsagt, o du Graus!
Da Bursch mant: „Das macht nix!
I halt schon was aus!!"

Die Valobung

Die Resi kummt vom Ball ham
(d ö hat sich ausgetobt!)
und sagt zu ihrer Muatter:
„Ih hab mi heut v a l o b t !"

„No, endlich!" mant di Muatter:
„Uh, d a s is aber schön!
War eh schon höchste Eisenbahn!
No, sag: wia h a ß t er denn?"

Sagt's Resle: „Keine Ahnung!
Ih wer' dir's schon noch sagn!
Man kann doch nit als e r s c h t e s
glei nach'm N a m e n fragn!"

Die Rewantsch

Im Lovntal hon i
in Hiasl gekennt,
der hat sich aufs Leichgeahn
direkt schon gegwöhnt.

Sei Nachbar hat nämlich
drei Fraun schon erworbn
und nach da Reih seind se
eahm alle vastorbn.

Und, wißts es ja eh,
wias am Land zuageht drauß,
nach da Leich gibts an
festlichn Leichnschmaus.

Da Hiasl wohl imma
ganz sakrisch gekiert
und hat was vatragn,
das hat ans glei gspürt!

Drei Frauan begrabn,
das is wohl ka Gspaß!
(Ban Essn, da werds halt
in Hiasl hübsch haß!)

Aber n a c h gibb er nit,
mei Liabar – erscht recht!
Und e i n e haut er wia a
hungrigar Knecht!

No, und hiatz (na, da Nachbar,
was d e n alls begegnt!)
hat gar noch sei vierte Frau
s Zeitliche gsegnt!

Wia da Hiasl das hört,
mein, da fallt er bald um
und sagt zu sein Weib:
„Ah, das is schon ztum!

Dösmal is mir peinlich!
Ah was, kane Tanz!
I geh gar nit hin –
i schick glei an Kranz!"

„Ja, wrum eppa gar –
das hast nia noch getan!
Was bist eppa d u
für a komischa Mann!

Wannst nit zu da Leich gehst
und lassest ihn hänkn,
was werd denn da Nachbar
von dir nacher denkn?

Was glabst denn? Warum
willst denn dösmal nit hin?"
„Weil i in aner großn
Valegnheit bin!"

„Wiaso denn Valegnheit?
A so a Patron!“
„No, i war doch dreimal hiatz
schon bei dem Monn;

drei Fraun hat er begrabm,
und – is nit so gwesn? –
i han an iadsmal
ganz schön mei Tal gessn!“

„No und? I waß eh!
Das is ja nit neu!
Das is doch da Brauch
und schon gar nix dabei!

Wannst was zan Essn kriagst,
sei nar lei froh!“
„Ja, waßt, Alte – nämlich –
die Gschicht is a so . . .“

Da Hias schaugg auf'd Seitn
und kratzt sich sei Hirn:
„I müaßat mi dechtar amol
r e w a n t s c h i e r n !“

Komisch

A Fliagn sagt:
„Die Menschntröpfe
sein wirklich
komische Geschöpfe.

Sie schwingen sich
mit Müh empor
zu aner Wohnung
mit Komfohr –

Und dann? Was haben
sie davon?
Was nutzt der
herrlichste Plafohn?

Die schönste, steilste
Zimmerwand??
Sie gehn am
Fuaßbodn umanand!“

Musik im Blut

A Ausflugsomnibus
aus Wien
bringt nach des
Alltags grauen Mühn

a Menge Wiener
zu an See.
Durt gehts ins
Wasser mit Juchhe!

Und nachm Baden
– mitanand –
liegn alle Wiener
aufm Strand.

A Muckn hat das
glei entdeckt –
Bua, wia se sich
die Lippn leckt!

„Kummts!“ schreit sie
zu den andern Muckn:
„Heut lohnt sichs bsunders,
auszuruckn!

Heut werds euch schmeckn –
absolut!
Heut gibts was Klasses:
Wiener Blut!“

Da klane Sturch

A klaner Sturch,
a gwitzter Lauser,
geht grad aus seiner
Sturchschul außer.

Er is recht brav und
lernt a schön
und kann ah schon
auf an Fuaß stehn,

das muaß a Sturch
als erschtes können,
das is schon so da
Brauch bei senen!

Er hat ah manchen
Frosch darwischt
und listig aus n
Wasser gfischt!

Er klappert mit sein
Schnabl laut
und fliagn hat er sich
ah getraut!

Mit ihm gehnd andre
Störchlan z Haus.
Da rutscht a Frag
dem Klanen aus:

„Wo kumman denn,
a waß das wer,
die ganz die klanen
Störchlan her?"

Drauf sagt a Ältra
zu dem Jüngarn:
„Das waßt du nit? Da
M e n d s c h tuats bringan!"

Drauf sagt da Junge
übarlegn:
„Zu deiner Tummheit
hast mein Segn!

Wia kann a Alter
so tumm tschentschn:
Wer glabt denn heite noch
an Mendschn!"

Die Schneckn

A Schneckn, aufn Weg
zwischn Viktring und Stan,
is müad worn und rastet
a weane am Ran.

Sie nimmb aus ana Lackn
an urntlichen Schluck
und ziaght sich dann schnell
in ihr Häusale zruck.

Kaum hat sie die Augn
zan Schlafn zuagmacht,
hat s draußn vor da Tür
an Pumpara gmacht.

„Wer is?“ ruaft sie auße.
A Hohne sagt: „Ih!
Se wern s mih wohl kennen,
den Giggariggih?!“

„Was wolln S denn?“ (Die Schneckn,
de zittart voar Schreck) . . .
„Ih möcht Ihnen lei sagen –
bei Ihnern Haus fehlt an Eck!“

„Ih waß!“ mant die Schneckn,
„das ärgert mih eh!
Abr wia i früher durt untn
in die Kurvn eine geh –

die Straßn geht abwärts
als wia in die Höll –
hats mih zan Randstan gedroschn
voar lauta schnell-schnell!“

Hungerstreik

Ban Sautrog drängan
sich die Schwein
(a jedes will
das erste sein) –

und fressn, was si
fressn könnan –
(das war schon imma
so bei senan!).

Nur ane von die
vielen Säu
is bei der ‚Mahlzeit'
nia dabei . . .

Die ane kummt,
ganz ohne Schmäh,
dem Futtertrog
nia in die Näh.

Den andern Schweinen
in dem Stall
macht das nix aus,
auf gar kan Fall,

doch hindert das
nicht ihren Spott:
„Da, schaut's, das Schweindl,
Gott, ach Gott!

Das fastet unentwegt
und stur . . .
Du machst wohl gar
a Schlankheitskur??“

Das Schweindl antwurt:
„Ihr seid’s blöd!
Wegn der Linie tua
i sowas net!

I will damit mei
Lebn rettn:
Weil – schlachtn tuan’s ja
nur die Fettn!!“

Wildsau

Zum Jagn war ih eingladn.
Amateur, der ih bin,
schiaß ih auf a Wildsau,
und schon war se hin!

(Die Sau selber, de war zwar
im Grund nit so wild –
Aber der Bauer, dem sie g'hört hat,
Bua, der hat gebrüllt!).

*

Merks dir:
Will man geballte Wildheit buchen,
lohnt sich's, die echte aufzusuchen.

Belesenheit

Da Tone möchtet
seiner Lies
gern zagn, daß er
‚belesn' is:

„Ih lies' hiatz
a paar Wochn schon
gkrad den Roman
‚Napoleon'!"

„A bist vielleicht –"
fragt ihn die Lies:
„– schon durt, wo er
auf Elba is?"

Drauf wehrt er ab
ganz außer Atn:
„Ih bitt di, Liesl –
nix verratn!!"

Kriag is Kriag

Im Kriag is gewesn.
Und die Feinde
erobern eine
Kleingemeinde

und treiben (das is
zu verdammen!)
die Weiber auf'm
Dorfplatz zsammen.

Der Häuptling ruaft
zu seine Lötter
(die Sieger sein ja
immer Götter):

„So, Kämpfer, freut's
euch hiatz am Lebn,
die Weiber sein euch
freigegebn!"

Da trittat hiatz
de Vev Thonhauser
ganz furchtlos aus
die Gfangnen außer

und sagt zum Häuptling
ohne Angst:
„Es is zwar schlimm,
was du verlangst,

doch leider nicht
zum Aufderhaltn!
Nur bitt ih a n s :
varschont's die A l t n !"

Auf das hin steigt
mit vieler Müah
die alte, schiache
Zenzi vür

und schreit zur Vev
(daß i nit lüag):
„D u halt' di P a p p n !
K r i a g is K r i a g !"

Das Klarinettntöggarle

Das Klarinettntöggarle
kimmt einar bei da Tür.
Im Wirtshaus sitzn noch a paar,
dö zahln eahm glei a Bier.

„Heit braugst uns kans mehr aufzanspieln,
dazöhl uns liaber was.
Du muaßt was Grusalets dalebt habn,
du bist ja leichnblaß!"

„Ja freile!" sagg es Töggarle.
„Heint is a schiache Nacht!
I kumm grad übarn Friedhof her,
und da Dunnder hat gekracht!"

„Uh na!" so lachnd alle zsamm,
daß in der Wirtsstubm hallt.
„Hast du di föst daschreckt dabei
oder laßt di sowas kalt?"

„Daschreckt??" begehrt da Toggar auf
und fuchtelt mit die Händ:
„Na! Sowas laßt mi derart k a l t,
da tschepparnd mir die Zähnd!"

Bsoffna ham

Da Mate hat gladn ghabt
heut vur acht Täg!
Bis Mitternacht gsoffn!
Ban Hamgehn der Weg

hat unhamlich gwacklt.
Und nachher im Wald
stoßt er hart gegn an Bam,
hat nur so geknallt!

Zwa Schrittlan weita schon
wieder a neuer!
Bumms! Und die Stern
spritznt hell wia a Feuer!

„Entschuldign, der Herr,
i hab Ihnen nit gsehgn!"
hat der Mate drauf gsagt –
und schon is er glegn!

Abr auf is er wieda.
Geht weita ham . . .
Schon stoßt er wieda mit'n
Schädl gegn an Bam!

„Entschuldign vielmals!"
Aber wieder geht's „bumm!"
Und hiatz werd's dem Mate
aber endlich doch z'tumm!

„Ah was!" (weil sei Tippl schon
groß wia a Ei is):
„Hiatz wart i, bis die ganze
Prozession vurbei is!!"

Technisch perfekt

Zwa Steira sitzn
resch und frisch
mitnonda bei an
Wirtshaustisch.

A Karntna,
ah a fescha Bua,
der setzt sich zu de
zwa dazua.

Und jeder von der
Dreiergruppn
bestellt sich zerscht
amol a Suppn.

Bald stellt die
fesche Kellnarin
die Teller vur
de dreie hin.

Dem erschtn Steira
tuat die Suppn
als zwenig gsalzn
sich entpuppn.

Er nimmt das Salzfaß
in die Hand
und schüttelt's
ruckweis umanand.

Jedoch ka Körndle
aussertropft:
Das Salzfaß is
total verstopft!

Da is verloren
Hopfn und Malz!
Er ißt die Suppn
ohne Salz!

Dem zweitn Steira
tuat die Suppn
gradso als salzlos
sich entpuppn.

Er nimmt hiatz a
das Salzfaß her
und schüttelt's heftig
hin und her

und auf und ab!
Ja, Himmelfix!
Erfolg gleich Null!
Vom Salz siehgst nix!

Total vastopft, das
Glump, das blede!
A jede Müah
varsagt da, jede!

„Is guat!“ denkt er:
„Dann pfeif i drauf!“
Und ißt die Suppn
salzlos auf.

Da Karntna kostet
hiatz. Ui je!
Zu wenig Salz! –
Ah, da steht's eh,

das Salzfaß! Und da
Karntna Bua
greift zu dem Salzfaß
vollar Ruah,

nimmt's in die Fingar
schnell und halt's
und schüttelt's. Doch
es kummt ka Salz!

„Ah!“ denkt er, wia
ka Salz nit kummp:
„Total vastopft,
das blede Glump!“

Da siehgt er, wia am
Tisch durt stehnd
zwa Schaln mit Stocher
für die Zähnd . . .

Mit so an Hölzlan,
so an klan,
verwirklicht er hiatz
schnell sein Plan

und stupft damit auf
ans, zwa, drei
die vastopften
Salzfaßlöcher frei!

Die gsalzne Suppn
tuat ihm taugn . . .
Die Steira machn
groaße Augen –.

Dann sagt der
ane Steirabua
dem andern leise
in das Uhr:

„Was ma a gegn die
Karntna hat,
aber technisch sein se
so auf Draht!“

Fruahstuck

Vor da Kuchl auf da Baustell,
da stehn zwa beinond
und ham senre Schaln
mit n Fruahstuck in da Hand.

„Ui na!“ sagt da ane,
„das is heut a Tee!“
„Was redst!“ mant da andre,
„das is doch Kaffee!“

A dritta kummt zuawa
und sagt zu da Gruppn:
„Wia könnts denn so blöd sein?
Das is doch a Suppn!“

„Hör auf“, sagt da ane,
„ganz typisch a Tee!“
„I kenn“, mant da zweite,
„eppa wohl an Kaffee?!“

Zwischn Suppn und Tee
und Kaffee geht da Streit.
Bis da Mate hinta da Kuchl
zu de dreie umeschreit:

„Was machts denn da durtn
so an tummen Radau?
Kömmts liaba her, aber schnell!
es gibt noch an Kakau!“

Für das hams Geld

Zwa Teppate
vorm Narrenhaus
schaun intressiert
ins Land hinaus.

A Gwitter hat sich
grad verzogn. –
Am Himmel steht
a Regnbogn!

„Sixt!“ sagn die baden
vollar Zurn,
wia s den Regenbogn
sehgn tuan.

„Für d a s hams Geld gnua,
alle Ritt –
aber u n s s t u d i e r e n
lassens n i t !“

Blitzfuhr

A Taxi tuat vurn
Bahnhof stehn.
Die Leut, dö kumman
und dö gehn –

So geht's halt bei
an Bahnhof zua.
Da Taxler wartet
auf a Fuhr.

A Mann kummt hiatza
zuawa grad,
der sichtlich „einen
sitzn" hat,

steigt ein, sitzt hintn,
in der Mitte,
und sagt dann drin:
„Zum Bahnhof, bitte!"

Der Taxler draht sich
um zum Mann,
macht große Augen
und sagt dann:

„Wir s i n d ja vor dem
Bahnhof hier!"
– Da wern die Augn
vom Bsoffnan stier:

„Na, so was!“ sagt dann
drauf der Held,
greift zu sein Börslan,
gibt ihm's Geld

und sagt zum Taxler:
„Paßt schon, gell?
Und's nächste Mal
fahrn S' nit so schnell!“

Wurmstichig

Auf so an schönan
Frühlingsmorgn,
da pfeift so mancher
auf die Sorgn,

nimmt schnell sei
Anglzeig zur Hand
und bald steht er
am Uferrand

von so an liaben,
klanan Bach,
und durt geht er
sein Hobby nach.

Da durt bein Bachlan
steht schon aner
mit seinar Angl,
mehr a klaner.

Da Fischer Valte
kummt vurbei
und sagt nach aner
Weil: „Ja, mei,

an Ihrer Angel,
liaber Mann,
hängt, wia i siehg,
ein A p f l dran?“

„Is das“, fragt der,
„am End gar schlecht?“
Da Valte sagt:
„Ein *Wurm* wär recht!“

„Dann paßt's!“ sagt der
zum Valte hin:
„Der Wurm, der is
im *Apfl drin*!!“

Die Lateiner

Der Jagerseppl
sitzt beinand
mit'm Fischerhias
im ‚Gelben Mond'.

Die Buchnbretter
von der Truhgn
vaziahgn sich schon
vor lauter Lugn.

Hiatz streitn dö
‚Lateiner' grad,
wer wohl die feucht're
Wohnung hat?

„De hab wohl i h!"
sagt schnell der Jager:
„Mir rostn z'haus die
Wanduhrzager!"

„Heh! das is garnix!"
lacht der Fischer:
„Mei Fernsehschirm hat
Scheibnwischer!!"

Ordination

A anfaches Madl,
die Lederer Lina,
heirat' an Dokter,
an Mediziner.

Mit Fremdwörtern tuat
sie sich unhamlich schwer.
Amol triffts a Freundin
und erzählt nachher der:

„Mein Mann erspart sich
übertriebene Plag,
und drum uriniert er
n i t jeden Tag –

Aber w e n n er uriniert,
das find ih ganz toll,
dann is das Wartezimmer
auf und auf v o l l !"

*

Merks dir:
Das Sprachgefühl sich heftig sträubt,
wenn dir ein Fremdwort Fremdling bleibt.

Durschtstreckn

A Mann, der fast
a ganze Wochn
is durch den
Wüstensand gekrochn,

siehgt hiatz an Herrn
(wia preist er den!)
wia durch a Wunder
vor sich stehn!

Der hat an Bauchladn:
„Sie gestattn,
Krawattn, liaber Herr,
Krawattn!"

„Ih brauch kan Binder,
ih brauch Wasser!"
keucht der varzweiflt
alser blasser.

„Ich h a b kein Wasser,
liaber Herr!
N u r die Krawattn,
bitte sehr!"

„Ih kann –", hörst den
fast wanand röhrn,
„– das Wurt ‚Krawattn'
niammer hörn!

Da! mei Vermögen!
alls gehört Ihnan,
für Wasser! Sunst sehgn's
bald an Hinan!"

Doch der pfeift
ausm gleichn Loch:
„Krawattn, bitte!
Kaufen's doch!"

„A Wasser!" keucht
der arme Häuter
und kriacht mit letztn
Kräftn weiter,

wobei er fast im
Sand varsinkt.
Er hofft, daß ihm
bald Rettung winkt.

Und wirklich:
Nach dem Wüstnsand
grüaßt a H o t e l
am Wüstnrand!

Durt kriacht er hin
auf alle viere
und landet vorm
Hotelportiere:

„Kan Sekt, kan Schnaps
und kane Weine!
A W a s s e r ! Lassen’s
mi schnell e i n e !“

Die Antwurt kummt
mit Satansklang:
„Bedaure, Herr!
Krawattenzwang!!“

*

Merks dir:
Bei falschem Handeln allenfalls
hast du das Unglück auf dem Hals.

Wenn's paßt

„Dei Stottern wär
nit not, du Tule!
Geh doch in eine
Stotterschule!"

Der folgt dem Rat.
Und nach an Jahr
fragt wer, ob's ah
erfolgreich war.

Und schnell sagt der
in aller Frische:
„Fischers Fritz fängt
frische Fische!"

Und der, der gfragt hat,
sagt: „Ganz toll!"
Der Stottrer aber,
kummervoll,

erklärt mit grauem
Sorgenschimmer:
„D-das schon! N-nur p-passn
tuat's n-nit immer!"

Gruppenfoto

A Torkelnder
durch Alkosäft'
kummt eine in
a Fotogschäft . . .

„A könnan Sie –",
fragt er mit Lachn,
„– a Gruppenfoto
von mir machn?"

„Gern!" sagt der
Fotomaster drauf:
„Stelln's Ihnen nur
im Halbkreis auf!"

Neubauwohnung

Geduld führt wirklich
zur Belohnung:
Ih hab hiatz endlich
eine Wohnung!

Wann ih ah nit
ganz glücklich bin:
Die Wänd seind leider
gar so dünn –.

Und fangt m e i Herz
gach an zum klopfn,
dann nimmt mei N a c h b a r
Baldriantropfn!

*

Merks dir:
Die üblen Folgen deiner Mucken,
muß manchesmal dein Nachbar schlucken.

INHALT